燕赵文艺名家丛书·文学

尧山壁诗歌精选

尧山壁 著

河北出版传媒集团
河北教育出版社

图书在版编目（CIP）数据

尧山壁诗歌精选 / 尧山壁著 . -- 石家庄 : 河北教育出版社 , 2025. 3. -- (燕赵文艺名家丛书：文学). -- ISBN 978-7-5545-9095-9

Ⅰ. I227

中国国家版本馆 CIP 数据核字第 20255DG200 号

燕赵文艺名家丛书・文学

尧山壁诗歌精选

YAOSHANBI SHIGE JINGXUAN

作　　者　尧山壁

出 版 人　董素山

选题策划　汪雅瑛

责任编辑　王　丽　赵艳林

特约编辑　赵鑫雅

装帧设计　郝　旭

出版发行　河北出版传媒集团

河北教育出版社 http://www.hbep.com

（石家庄市联盟路 705 号，050061）

印　　制　石家庄名伦印刷有限公司

开　　本　787 mm × 1092 mm　1/16

印　　张　14.75

字　　数　196 千字

版　　次　2025 年 3 月第 1 版

印　　次　2025 年 3 月第 1 次印刷

书　　号　ISBN 978-7-5545-9095-9

定　　价　78.00 元

序言

文化兴则国家兴，文化强则民族强。燕赵文化源远流长、博大精深，形成了慷慨悲歌的燕赵精神，孕育了灿若星河的文艺名家。他们立时代之潮头、发时代之先声，传承着河北文艺的优良传统，书写和记录着人民的伟大实践，为河北文化事业的繁荣发展做出了巨大贡献。

星河灿烂，艺道日新。为了继承和发扬老一辈文艺名家的宝贵精神，发挥好他们在文艺创作道路上的“传帮带”作用，推动文艺繁荣发展，河北省坚持以习近平文化思想为指导，组织实施了文艺名家推出工程、中青年文艺人才“秀林计划”、文艺后备人才“春苗行动”、文艺名家情系河北“故乡创作计划”，通过每年为文艺名家出版专著、召开研讨会、成立工作室等方式，支持名家开展创作、发展事业，鼓励名家收徒传艺、扶携后辈，勉励新一代文艺工作者见贤思齐、接续奋斗，努力形成河北文艺事业长江后浪推前浪的生动局面，构建“老中青梯次衔接、省内外交相辉映”的人才格局。

作为文艺名家推出工程的重要内容，省委宣传部会同省文联、省作协开展了“燕赵文艺名家丛书”的编辑出版工作，按照“一人一书”的原则，为我省文艺名家出版作品集或个人专著，集中展示文艺名家的创作历程、奋斗精神和创作成果，强化文艺名家的行业引领效应，带领人才成长、带动文艺事业发展。首批文艺名家包括张峻、尧山壁、封秋昌、蔡子谔、刘小放、边国政、梅洁、刘家科、何玉茹、傅剑仁、谈歌等11位著名作家，以及边发吉、旭宇、郑一民、铁扬、孙德民、曹贤邦、刘瑞新等7位著名艺术家。

择一事，终一生。这18位著名作家、艺术家，是河北文艺发展的实践者和见证人，代表着一个时代的文艺水平和精神。他们用一生的文艺实践，走出了一条扎根时代、扎根人民的创作之路；他们用无愧时代的精品，绘就了欣欣向荣的文艺画卷；他们用发自内心的真诚和热爱，传递了生生不息的文艺薪火。全省广大文艺工作者要以名家为榜样，不忘初心、牢记使命，不负时代、不负人民，创作更多思想精深、艺术精湛、制作精良的优秀作品，热忱描绘新时代新征程的恢宏气象，书写生生不息的人民史诗，奋力攀登新时代文艺新高峰！

编委会

2024年9月

目 录

海河浪花

山水新歌

火红的岁月

沿途俯拾

生活小插曲

秋到太行

西行剪影

访苏诗抄

进行曲

致山壁

本书序一

张志民

山壁同志：

你留下来的诗稿，我是在病床上读完的。

因为头晕病还没好，每晚仍需输液，大吊瓶挂在衣架上，一输便是两三小时。为怕调皮的小孙子把药瓶碰倒，家里人把他赶到别的房间，屋子里安静极了，除去露珠般的药液在透明的玻璃管里缓缓滴落，再没有别的动静。我一只手上绑着吊针，一只手掐着你的诗稿，这种难得的安闲，恰是个念诗的好机会。由于没人催赶，不仅可以从容地欣赏，每读完一首，还可以闭起眼睛，思考一点什么。

在诗歌创作的道路上，你已走过了二十几个年头，是已经出版过好几本集子的诗人。你过去的东西，有不少我都读过，知道你勤于耕耘，而又勇于探索。你的诗，生活气息很浓，也注意语言的锤炼，既给人以生活的触感，又给人以明丽的诗情，有些诗，我至今还留有很深的印象。

这些年来，你更是连年丰产，四十几岁的人，该算个正经的好“劳力”，正值文学创作的鼎盛时期。从作品看，你的创作与你的年龄，是恰成正比的！

由此，我不禁想到前些时候有位同志曾向我谈过的一个情况。他说，有些在五六十年代中写过不少东西的作者，近些年感到很苦闷，东西写了，发不出去，即使发了，也无大反响，自己感到越写越没劲，常是声声感叹："写不出来了！"

我说："不是'写不出来'，而是'写不上去'！"据我所知，这样的同志，多数都在写，而且依然很勤奋，写东西的劲头儿不减当年。定稿、未定稿、退稿，一摞摞摆在案头上，"存货"是相当可观的。其苦闷在于这些年作品的"档次"，许多还停留在已去的"当年"，他们少登了几步台阶，难以汇入我们生活的激流！

你是没有落下距离的。你在继续写，继续前进，继续提高，继续取得新的收获。这里，我所说的"收获"，不是指作品的数量，也不是指你在诗歌形式上一些外在的变化，而是指作品内在的质地，是说你的精神境界提高了，它既表现于作品的艺术技巧，也表现于作品的思想深度。

收入这本集子的作品，是比较整齐的。从作品的题材看，基本上属于两大类：一是伴随你这些年的行踪、见闻所写的一些诗作，一是继续写你所熟悉的农村生活。这两类作品中，都可以看到你创作的长进跨出可喜的一步！

《狼牙山，我心中的瀑布》《鸟巢》《品酒》《听鼾》等，都是我所喜欢的！《狼牙山，我心中的瀑布》这首诗，一发出来我即读了。不知是因为我对狼牙山很熟悉，还是因你这位出生十四天父亲便牺牲了的烈士子弟对这首诗注入了格外的感情，它给我以强烈的感染：

前临深涧，后有围堵，
正义被邪恶逼上了绝路，
五壮士没有踌躇，
信念的洪流冲破一切拦阻，
用生命在绝壁铺出坦途。

民族响当当拍着胸脯，
棋盘坨像一个拇指高竖，
惊天地呵泣鬼神，
那呼喊如惊雷回响在山谷，
呵，这才是真正的人字瀑！

诗的意境、语言、结构都很好，悲烈、壮美，融为一体，十分和谐，最后的一段，使全诗拔上又一个高度：

呵，狼牙山的瀑布，
五壮士留下的一份遗书，
谁要认识它无形的字符，
就会获得无穷的精神财富。

意味深长的结尾，振人心翼！总之，写狼牙山的短诗，写得这样完美还是不多见的！集内，不乏此类的佳篇！

表现农村风土、人物，你本来就很拿手，今天来看，写得更加纯熟，更加隽永！《插篱笆》《鸡年》《风落枣》《大伯镶了一口牙》，都是这类诗的代表：

竹一把，篾一把，
谷雨插篱笆，
半边篱笆未插起，
春风也往上倚，
春光也往上爬。

等急啦，等急啦，
十年一把铁扫帚，
院里不见绿芽芽，
听不见鸡，看不见鸭，
唉！这叫什么家！ ——《插篱笆》

“卖小鸡喽！”一声喊，
吆喝得那么坦然，
拉长的嗓门儿宽又圆，
还真富有音乐感。
…………
就是他，那年进村不敢喊，
哑着嗓子把户串，
小分队处处把得严，
查鸡像捉拿“政治犯”。 ——《鸡年》

这类小诗，极富生活情趣，诗中有画，画中有诗，它绝不只是描写了一个生活的镜头，而是时代的一串串带色的音符。这类声色俱美的小诗，常是雅俗共赏的！

你的路，比以前更宽了，更可贵的是，你没有“见异思迁”，丢掉自己的基调，而是在自己的土壤中不断吸收更多的养分。这样的树木，是不愁根深叶茂的！

祝你好！

志民

元月十三日

本书序二

诗坛中坚尧山壁

墨人

尧山壁出生只有十四天，他父亲就死于抗日战争，从小孤苦，与寡母相依为命。大学中文系毕业后又从事基层工作，所以生活体验和文学修养都奠定了他的创作基础。

他的诗集《我的北方》，是他近年的一本选集，共分《心中的瀑布》《山忆》《生活的舢板》《远去的驼铃》《绿色的旋律》五辑，共八十首。其中《山旺化石》是五首组诗，实际上是八十四首。

他的诗很重视节奏、韵律，文字的组合也很恰当，所以每一首诗都很协调和谐，主题也不含糊，绝不会让人猜谜。而且每一首诗都言之有物，绝非梦话、呓语。他写的都是现实人生，不是天国神话，也不是地狱鬼话。正如杜甫诗多忧国忧时、民生疾苦之作一样，如《春望》：

国破山河在，城春草木深。
感时花溅泪，恨别鸟惊心。
烽火连三月，家书抵万金。

白头搔更短，浑欲不胜簪。

又如杜荀鹤的《山中寡妇》写民生疾苦不但足与老杜写战乱的诗媲美，简直可以抵得上一部好的长篇小说：

夫因兵死守蓬茅，麻苎衣衫鬓发焦。
桑柘废来犹纳税，田园荒后尚征苗。
时挑野菜和根煮，旋斫生柴带叶烧。
任是深山更深处，也应无计避征徭。

由于个人遭遇和生活体验不同，因此我们不能要求杜甫、杜荀鹤也写杜牧的《遣怀》这样的诗：

落魄江湖载酒行，楚腰纤细掌中轻。
十年一觉扬州梦，赢得青楼薄幸名。

同样的道理，我们也不能要求尧山壁写出台湾某些诗人一样令人如堕五里雾中的现代诗……生存环境与条件自然不相同，何况文学作品更是因人而异，不能求同。

这本集子里的《鸟巢》《炊烟》《老槐树下》《七月草原》《蝴蝶》《百灵鸟》《小滦河怀古》《对山松》及《山旺化石》组诗五首，都是好诗。

《鸟巢》是写清西陵陵寝殿宇上住的鸟群。这首诗不但节奏韵律和谐，还表现了一些人生哲理：

欢天喜地的鸟儿们，
不理会一个封建王朝，

金碧辉煌的陵寝，
却做了它们的巢。

这是这首十六行诗的起头第一段。起头好，因此结尾一段四行的呼应尤妙：

我赞美陵寝上的小鸟，
千万个自由的符号，
活跃了，渺小的伟大，
死去了，伟大的渺小。

从这首诗里我们可以发现他驾驭文字的能力很高，运用诗的语言技巧十分纯熟。他不受西方影响，没有不中不西的语言，纯用中国文字、语言，走出中国新诗的道路、自己的道路，这是一个非常可喜的现象。

《炊烟》也写出了“山村特殊的语言”和“三年困难”、“家家烟囱都吐着愤懑”，以及近年的“炊烟”，“不像”新婚的新郎“喝醉酒的身段……”。这是一首反映社会现象的写实诗，但他用的是诗的语言，“喝醉酒的身段……”绝不是散文语言，散文语言不能产生诗的美感。

《老槐树下》开头两段就勾勒出了农业社会古意盎然的景象：

几把蒲扇，一壶香茶，
老槐树撑开了大伞，
庄户人家的凉亭、大厦。

月光如水，
从枝叶间泻下，

泼一幅写意的水墨画。

这首诗很能使生活在工商业社会的台湾诗人发思古之幽情，尤其是我们这种从大陆渡海来台的人，都很熟悉那个广大的农业社会。不管是《老槐树下》也好，老杨树下也好，那是中国人的生活，绝不是今天台湾的电影、电视剧里面晚上朋友们在豪华的客厅聊天举杯喝洋酒的场面。其实台湾社会还没有普遍到这种地步……

《七月草原》是写塞外锡林郭勒七月间草长马腾的景象，这和“草长莺飞”的江南春天风光是不同的：

七月雨，点点滴滴，
液化着积蓄一冬的力，
草儿发疯似的生长，
要涨满短短的无霜期。

风儿欢快地追赶马蹄，
把世上一切色彩收集，
…………

这种景象不是莺飞草长的江南所有，更不是台湾所有，七月的江南已入盛夏，台湾更开始进入飙风季了。祖宗遗留我们后人这一片广大土地，足够诗人作家的彩笔驰骋，何必要小气到局限于什么盐分地带呢？去大陆看看走走吧，塞外也好，西北也好，东北也好，文学资源都很丰富，取之不尽，用之不竭。睁大眼睛，敞开胸襟，再创造一个中国的文学盛唐世纪，不要再捧着金饭碗讨饭了！

台湾养鸟的风气很盛，画眉、百灵、云雀，江南也有很多，但百灵鸟却以生长草原者驰名。尧山壁的《百灵鸟》也是写实之作：

地上唱歌，
地上做窝，
连身上的羽毛，
也都是大地的颜色。

不学云雀向往蓝天，
不像燕子追逐暖和，
你执着地追求，
像牧民一样忠实生活。
…………

百灵鸟的生态、习性，这首诗里都交代得很清楚。

而《小滦河怀古》，虽然只有短短的四段、十六行，却是一首气魄很大的怀古之作，几可直追南宋词人汪元量的《莺啼序·重过金陵》。

木兰围场一望无际，
还响着二百年前的马蹄，
小滦河弯成一张弓，
在夸耀康熙大帝的臂力。

把横断山搂在怀里，
把兴安岭搂在怀里，
把天山搂在怀里，
把冈底斯山搂在怀里。

然后，他隆起筋腱，
与北方的大熊较力，
把野心推后了三千里，
把寒流推后了三千里。

比李广还长的手臂，
不光有射虎的力气，
他还比成吉思汗，
多拿起了一支笔。

这首诗的语言十分简练，却表现了中国诗人和中华民族的无限魄力。我们需要的是尧山壁这样拥抱整个中华民族、中华文化的诗人。

《对山松》有词的句法、词的优美。这是台湾新诗人所不取、所要斩断的传统诗词尾巴。但那些反对的人实在不了解传统诗词是中国文学的精华。尧山壁是中国文学系出身的，他了解，而且他运用上了。盲目崇拜西洋有害无益。新诗不能自绝于中国传统诗词，应该多向传统诗词吸收营养。如何运用？如何创新？那就存乎一心了。新诗的根本问题不在形式，而在语言的创造、意象的更新、音节的和谐。

《山旺化石》组诗五首，首首都好。他赋予化石以新的生命，新的意象。如《山东鸟化石》：

飞越一千五百万年长空，
扇动你有力的翅膀，
今天款款降落，
带来了什么吉祥？

欢迎你来做窝吧，
在新中国繁茂的枝叶上，
我从你面前走过，
听到一种古老的歌唱。

又如《蝌蚪化石》（一）：

一千五百万年，
仿佛也是一刹那，
顽皮的小蝌蚪，
还没有甩掉尾巴。

断言它的一生，
再也变不成蛙，
离开了水和游泳，
也就不再进化。

尧山壁不是一位飞扬跋扈、目中无人的狂人。他是一位十分笃实、才华内敛、沉静谦虚、富有中国伦理观念的诗人。他孝顺，对前辈诗人田间、张志民尊之为师；对于才气纵横的郭小川，他不但毫不嫉妒，不想打倒他，字里行间更是由衷地尊敬。这和此地的一些急于出头的诗人是大不相同的。不但尧山壁如此，我发现很多诗人作家，大都重视“文学伦理”、敬老尊贤，没有抢着“接棒”的心理。他们多具有中国传统诗人作家温柔敦厚的气质。不但作品很少西化，作者亦复如此。他们都很有“中国味”，也许有些泥土气，可是绝无“洋”癫疯。

尧山壁不但是一位成熟稳健笃实的诗人，以他的年龄和诗来说，可以称为诗坛的中坚。

他的散文也好，质朴中自见才华。《母亲的河》中收集了三十八篇散文，如《母亲的河》《父亲》《悼田间师》《去到郭小川的故乡》等，都真挚感人。

他的文学观是："文学是人学。诗，力与美的和谐。中国文学并不比西方逊色。文学传统是奔流的江河。"

有这样的文学理念，所以才能创作出他那样的文学作品。一点也不偶然。他只要能坚持这样的文学理念，以后一定会写出更多更成功的作品。

本文选自《大陆文学之旅》之一，稍有改动

早春拾零

小枣树

小枣树，弯弯腰，
树上挂着黑板报。
张家姐姐写材料，
表扬哥哥劳动好。
画又画，描又描，
生怕一字写不好。
手捂嘴，嘴在笑，
手捂心，心在跳，
忽听背后有人叫，
书记拉着哥哥到。
张大姐，脸发烧，
双手摇红了一树枣。

1956 年 6 月

俺村姑娘

俺村姑娘爱逞强，
干活儿吵架一起上。

走路一样快，
说话一样响。

一样服装一样辫，
人人胸前印个“奖”。

演戏多半台，
开会多半场。

黑板报上写文章，
字字犹如锣鼓响。

浇、锄、犁、耙、耩，
铁、木、泥水匠……

拿起放得下，
样样都在行。

每次分工吵一仗，

总把小伙儿压一膀。

村里小伙子常受气，
明里不服暗里想。

1962 年 10 月

水　火

咱俩结婚时，
有过多少波折——
你娘嫌我憨，
我爹说你泼，
算命先生说八字克：
你是水，我是火！

凑巧今天全应着，
你开锅驼机管水，
我在铁匠炉看火，
你因那泼性格，
驯服了一条龙，
我有这憨力气，
打出来好家伙。
你娘我爹到处说：
俺家出了俩劳模！

算命先生见你我，
一个劲儿饶口舌：
好猛的水！
好烈的火！

都是公社福气大，
什么灾星都冲破！

1961 年 9 月

歇　工

歇工啊！
井台变成梳妆台，
人眼是镜子，
对坐梳起来。

嫂嫂看妹妹，
直把嘴笑歪，
头发蓬松像堆柴，
怕人不知女秀才，
墨水染两腮……

妹妹看嫂嫂，
笑出泪珠来：
瞧你起床多草率！
哥哥的纪念章，
当作发卡戴……

梳起来！梳起来！
刘海儿能藏情，
辫梢儿能系爱，
别让人说好劳动，
就不懂穿和戴。

梳着梳着妹发呆，
梳子溜下来，
嫂嫂回头喊奇怪，
是哪个刁羊倌儿？
鞭声单朝这边甩！

1961 年 9 月

追

去年扁担挑石头，
他自负力气大如牛，
明知有人在身后，
犟牛硬是不回头。

吱扭扭，吱扭扭，
姑娘急得泪水流，
问她眼睛红什么，
她说火气上了头。

今年姑娘驾铁牛，
把他甩在身后头，
倒车镜里不住瞅，
提防拖车脱了钩。

呼哧哧，呼哧哧，
小伙子累得喘气粗，
问他着急追什么，
他说喜欢闻汽油。

1961 年 9 月

打蒜薹

地里蒜帽刚发白，
招呼打蒜薹，
专抢晌午日头晒，
趁热拔得快。

左手捋呀右手拽，
声声好似叫蟋蟀，
叫得小伙儿心头痒，
手脚乱起来。

埋怨旁边那人：嗳，
为何头不抬？
蒜到小满不抽薹，
难道老成一根柴？

姑娘眼尖嘴又快，
怪他薹把有钩拐，
鼻子拧成独头蒜，
辣得小伙儿嘴巴歪。

小伙儿头儿低下来，
凉了心里那盘菜，

傻眼怔怔看蒜薹，
一头青，一头白。

1961年9月

脚　印

他走了，留下这么多脚印，
在这段初会的小路，
多想捡起来轻轻拂，
怕它们淋了雨、蒙了雾。

这段路来回多少步，
多想从头数一数，
这段路留下多少话，
多想捧起来读一读。

啊，小路，
记忆里一串明珠，
生活中一段乐谱，
跳动着多少欢快的音符。

1966 年 3 月

海河浪花

进寺沟

进寺沟，一步一点头，
百花依然红，清水照样流，
成群鱼儿向客游，
哪像是一千毫米大雨后？

向导说话像讲古，
一九三八、一九五六，
牛腰大石顺水走，
剩下一条“光屁股”……

莫非老天也是软骨头，
怕硬欺软躲过胡家楼，
分明拦洪坝里有“俘虏”，
主动向人讲不休：

老天要报复胡家楼，
倾泻下一肚子冤仇，
洪水像肆虐的野马，
闪是旗号，雷是战鼓。

一着地就中了埋伏，
被拦杀得无路可走，

鱼鳞坑绊住了马蹄，
水平沟前栽了跟头。

挑战的洪水全军覆没，
寺沟呀一层油皮都没丢，
感谢老天来比武，
更壮了公社山水图。

放眼寻，
谁是寺沟筋骨？
是七百道拦水坝？
九万个鱼鳞坑？
十万株挺立的树？

不！是四十名林业队员，
四十根顶天柱，
还有那七天暴雨浇不灭的，
四十盏红灯篓！

1963 年 8 月

一条路

寺沟是太行一串珍珠，
小路是穿珠的丝线，
寺沟是山区的一面红旗，
小路是撑旗的旗杆……

闪闪亮亮一条银练，
弯弯曲曲爬上云端，
跳过几十条小溪，
切断几十座小山。

就像胡家楼人爱攀登，
就像胡家楼人爱斗天，
小路踩着石头、浪花，
正大步向上伸展。

冬天，冰雪封不住，
夏天，洪水冲不断。
白天，镐头相碰，
夜晚，火把相连。

九年的日日夜夜，
小路像绷紧的弦，

汗水洗出一条路，
脚板磨光了石板。

说它轻轻飘飘一条线，
能挽住洪水不下山，
说它曲曲弯弯羊肠路，
年年流过粮果千万担。

走趟寺沟一条路，
带走一双铁脚板，
就是脚下这条路啊！
牵动太行万座山。

1963 年 8 月

这棵槐

大伯院中一棵槐，
周周正正长成材，
姐姐指望做衣柜，
哥哥打算把房盖，
大伯一概没理睬，
时机不到莫乱猜。

毛主席指示传下来，
治河喜讯扑进怀，
大伯进门哈哈笑，
槐树底下把会开，
好钢使在刀刃上，
今天用着这棵槐。

苦水洼，宁晋泊，
三年两头闹水灾，
穷人性命如草芥，
随水漂泊四乡外，
手中只有讨饭棍，
水深火热步难迈。

霹雳一声乌云开，
毛主席救咱出苦海，

最后一根讨饭棍，
连着苦情窗前栽，
苦根生芽放奇彩，
苦根深深心里埋。

常培土，勤灌溉，
锄把量着长起来，
风吹槐叶唱新歌，
月照槐影画未来，
盼望的时辰可到来！

为造治河特号车，
刨下心头这棵槐，
比着咱贫农志气量，
照着咱贫农心愿栽，
憋了半生的斗天劲，
今朝一下子往外拽！

汗水当作膏车油，
槐树做车拉重载，
一车送走老碱洼，
万车拉不尽今日爱，
千年灾害今送走，
拉来一个新时代。

1964 年 5 月

大车王

特制的辕，
特制的笆，
更有特殊材料——
共产党员的骨架，
不怕压！
你看我，
气攻骨节嘎巴响，
劲头憋成肉疙瘩。

伙计们，
放手装吧，
轻载怎配烈性马？
箱上接箱，
笆上接笆，
车不吱声，
人不咬牙，
你装上一座大山，
我倒下来一条大坝。

小小土车，
装得下，
沧州狮子景州塔，

装得下，
三十六泊七十二洼。
毛主席一声令下，
千年灾害，
万年贫困，
都得归咱押送，
搬家。

1964 年 3 月

半截镐

挖河挖见旧战壕，
土浪涌出半截镐，
手拿烟锅一声敲，
一声敲，
好像吹起集合号，
全连民工都来到，
眼光像磁石吸住了。

三十年前这把镐，
先辈用它挖战壕，
刨秃了刃，
刨没了角，
刨走了多少苦岁月，
才刨到今天这新河道，
这根治海河的大工程，
早从那时就开工了。

敢说先辈英雄们，
镐头下看见这新河道，
断言先辈英雄们，
战壕里听见浪滔滔。
接过先辈半截镐，

坚决拿下这新碉堡，
一镐起呀万镐落，
扯起闪电一道道。

1964 年 3 月

女焊工

治河女焊工，
一名大裁缝，
爬高把天纳，
俯身将地缝，
焊枪是根绣花针，
风雨做线，日月当灯。

要为平原换新衣，
给大地披一身春风，
一条条排河像衣缝，
修闸好比把扣儿钉，
寸把厚钢板，
市布一样轻。

吞一天风雪，
吐万朵花红，
缝呀缝，
缝住一切决口，
堵死一切漏洞，
怀揣一把“红烙铁”，
要把万年洪波熨平。

1964 年 3 月

山水新歌

我们的机井

我们的机井，
大地的群星，
当群井汇流的时候，
就看到银河奔涌。

我们的机井，
大地的喉咙，
当机井大合唱的时候，
就听到乡亲们的感情。

在抢种的春天，
抗旱战斗如火熊熊，
说起我们的机井，
就像提起加油的油桶。

在金色的秋天，
陶醉于丰收的年景，
提起我们的机井，
就像抱起浓香的酒瓶。

1966 年 4 月

育秧室打开了大门

雷打惊蛰一声春，
育秧室打开了大门，
涌出了一条碧水呵，
飘出来朵朵绿云。

请伸开双手接住吧，
这今年早来的阳春，
绿色的风吹啊吹啊，
老人们脸上泪花滚滚。

请瞪大眼睛检验吧，
咱这透明车间的产品，
绿色的浪拍呵拍呵，
拍热了乡亲们的心。

拖拉机批发了喜讯，
大叫大嚷地飞奔，
在田野的机耕道旁，
撒下了一片片绿茵。

插秧机领到了新“针”，
手舞足蹈地缝纫，

给太行山的梯田，
织出一件花裙。

只有布谷受到“将军”，
一声声叫得更紧，
今年春从哪里来呵？
它到处追踪问寻。

终于找到春的工厂，
育秧室打开了大门，
就是它，吞下了一冬冰雪，
吐出了我们大干快上一片心。

1966 年 4 月

山　路

曲曲弯弯，
缝云穿雾的线，
亮亮闪闪，
社员赶山的鞭。

跳过河谷，
切断小山，
冰雪封不住，
洪水冲不断。

光彩耀眼，
一行金色的语言，
射向云天，
一支飞响的箭。

像一条传送带，
日夜不停运转，
把村委会的号令，
传达到每块山岩。

脚下这条路啊，
牵动万水千山，

这条路上走一遍，
带回一双铁脚板。

1975 年 10 月

大寨梯田

从下往上看，
是梯田垒成的山，
谷穗的花纹，
石堰的花边，
编一座丰收的大囤圈。

从上往下看，
是大山铺开的田，
谷子黄一层，
高粱红一圈，
描一幅好壮丽的画卷。

整整齐齐像架大字盘，
那行行禾苗，点点热汗，
排出了多少篇重要文章，
发在报刊头条头版。

层层石堰，道道螺旋，
一把螺号响彻群山，
一曲曲胜利的凯歌，
把千沟万壑填满。

看到这一块块堰石，
就想起山里人手上的老茧，
大手粗纹像把锉，
锉平了多少山尖。

看到这一条条石堰，
就想起山里人的双肩，
膀宽腰直一道坝，
抗过多少雹打洪淹。

一道石堰，一层梯，
引我们向上登攀，
这最好的农业展览馆呀，
每块石头都是讲解员。

1975 年 10 月

女机手

地里吃，车上眠，
司机楼是房一间，
风梳头，汗洗脸，
梳妆台在方向盘。

身上常闻机油香，
兜里不离锥和钳，
不是姑娘不打扮，
一心打扮公社田。

说媒的，地头问，
求爱的，路上撵，
大姐年过二十三，
终身大事拖到哪一天？

姑娘含笑亮条件，
婚期订到八〇年，
陪送要的千斤粮，
迎亲开来过“江”船。

1964 年 4 月

林场场长

黄河故道的一棵树，
你在这里扎下了深根，
风鞭沙浪撵不走，
因为你是黄河的子孙。

三十年没见请过假，
你与林场难离难分，
二十年没见发过胖，
你为林场供尽了养分。

哪里去找脸上的红润，
你都分给了苹果、桃、杏，
哪里去找头上的浓发，
你都移栽成柳荫、杨林。

从没有要过名利，
你的手，
是树杈，向天上够，
是树根，向地下伸。

从没有高谈阔论，
你的话，

悄没声，是脸上的皱纹，
滔滔不绝，是林涛阵阵。

是到快要倒下的时候了，
看你额上稠密的年轮，
但是，你发誓死了也不离开，
还要献出那几十克磷。

1966 年 4 月

比茧会

唰，伸出来，
三十双手掌，
看啊，
县委会茧花怒放，
不光色彩金黄，
还有特别的芳香。

农林局局长的手上，
像垒了一道坝，
工业局局长的手上，
像铺了一层钢，
县委书记的手上，
一层层，一堆堆，
像是秋天的打谷场。

团委书记的手，
变化更不寻常，
下放三年在山乡，
嫩手磨成铁巴掌，
是多少门大“炮”，
把身上娇气轰光。

三十双手在群众中，
四季风云手中掌，
三十双手在劳动中，
千锤百炼成了钢，
从三十双茧手，
看到全县山河图样。

1975 年 9 月

沙石峪
——《移山记》序曲

沙石峪，深山沟，
在家山靠背，
出门山碰头。
看天一条线，
看地一道沟，
四面高山无路走，
堵得气难透。

沙石峪，穷山沟，
解放前，
穷得连名都没有。
坡是光屁股，
山是和尚头，
金木水土都没有，
只有一团“火”，
憋在穷人心里头。

十年树木

到临西，
哪儿是东留善固？
不须问，
只要你认识树。
引路的，白杨，
迎客的，绿柳，
指点你，
就在那绿林深处。

远看，
一脉青山，
一汪碧湖，
一片云雾，
遮断前行路。
一切建筑，
都在林海中淹没，
一切色彩，
都被绿色一笔涂。

近瞅，
树墙一堵堵，
直往身上扑，

走大街如走绿山谷，
进家门如临碧画楼，
行行小树编篱笆，
拦不住满院苗圃，
一时不见，
钻进门头、窗户。

防风林，
像操练的队伍，
挺着胸脯，
迈开大步，
枝丫如枪，
林涛似鼓，
一道长城断风口，
喝退风沙三百步。

用材林，
个个憨厚，
身高腰圆，
五大三粗，
有的要当梁，
有的愿做柱，
桑杈柳杈伸出手，
迎接大丰收。

1966 年 3 月

插队来到白洋淀

一捧水，
洗尽千里跋涉浑身汗，
二捧水，
细细品啊慢慢咽，
恨不得呀，
一个猛子泡三天，
这就是咱们，
日盼夜想的白洋淀。

你出生在首都，
他出生在江南，
可我们的父母，
都曾在这里抗战，
白洋淀自然是，
咱们共同的籍贯。

看这撑船的老爷爷，
一定是老雁翎队员，
像当年迎接老八路，
欢迎我们新社员，
把那满脸皱纹，
笑成花一团。

看这弹痕累累的小舟，
一定是当年的战船，
高高昂起的船头，
冲破过多少风险。
如今为集体撒网捕鱼，
多么像当年征战扬帆。

芦壕成阵，
苇墙森严，
多像当年的雁翎队，
在这里推起万顷波澜。
问我们愿不愿，
做一根芦苇，
扎下根儿，
在这儿奋战风寒。

红菱似火，
芦絮飘烟，
多像当年的篝火，
还在亮闪闪。
问我们敢不敢，
飞步跑来，
接过战斗的火炬，
接过革命班。

1978年5月

火红的岁月

露天书案

西柏坡毛主席旧居院内有一座磨盘，毛主席常坐在这里思考问题。

西柏坡农家小院，
阳光格外灿烂，
小院中间的磨盘，
引起我多少思念！
它吸收了这么多阳光，
蕴藏了这么多温暖，
好像一面历史的聚光镜，
使我看到难忘的昨天。

毛主席从院中走来，
微笑着面对磨盘，
如同长征路上的马背，
如同井冈山上的石板，
如同列宁在拉兹里夫湖畔，
让树墩也为革命做出贡献。
在这农家的小院里，
毛主席找到了多好的书案。

磨盘上起草过多少电报，

磨盘上吟出了多少诗篇，
磨盘上落下满天星斗，
磨盘上铺开万里霞天，
磨盘呵磨盘，
几亿双手托你做砚台，
供领袖书写光辉的文献。

磨盘上布下雄兵百万，
磨盘上摆开决胜棋盘，
磨盘上响起千钧霹雳，
磨盘上飞起万道闪电，
磨盘呵磨盘，
几亿双手托你做鼙鼓，
三大战役凯歌天下传。

柏坡小院的磨盘，
你这样引人浮想联翩。
雄伟的人民大会堂，
你是坚固的基石；
四个现代化的壮景，
你是最初的沙盘。
你刚毅朴实的形象，
与阳光一起留在人间。

剪　刀

瞻仰旧居写字台，
一把剪刀桌上摆，
仿佛主席刚用过，
指纹今犹在，
好像多少话要讲，
刃口正张开。

二十二篇文章这里写，
主席的铅笔用得快，
削呵削，
揭开历史千丈冰，
革命春潮冲出来，
敌人伪装全剥掉，
送它走上断头台。

三大战役打起来，
簇簇灯花开不败，
剪呵剪，
千年黑夜你剪断，
窗外曙色开，

满天朝霞红似火，
新中国是你来剪彩。

1980 年 10 月

补　丁

任弼时的旧居有一只皮箱，上有许多补丁。

任弼时同志的衣箱，
布满了大小补丁，
好像蓝蓝的天空，
亮着一颗颗星星。

它是一块块风障，
曾挡过五台山的寒冷，
它是一盆盆炭火，
曾暖透战士们的身心。

它是崇高品质的象征，
能将糖弹的妖雾廓清，
它是坚定信念的见证，
能将松动的思想铆紧。

扯过自己衣襟比一比，
如果没有泥点油星，
对于我们神圣的事业，
那算得什么干净！

战场上你挂过彩，
炉火旁你烧过洞，
革命便把这样的奖章，
挂在英雄们前胸。

1980 年 10 月

夯之歌

西柏坡纪念馆，陈列着当年修建七届二中全会礼堂的木夯。

一架木夯迎门立，
号子猝然响起，
看几双扭转乾坤的大手，
正把一个伟大使命高举。

举起一座大山，
落地一声霹雳，
听这决定胜利的鼓点，
正响得惊天动地。

木夯是印章，
汗水是印泥，
把祖国的每寸土地，
都打上解放的印记。

夯平三座大山，
砸碎拦路的荆棘，
社会主义新中国的地基，
就在你的脚下打起。

建设新中国的交响乐，
你是定音的乐器，
听这如鼓的夯声，
正落在亿万人民心里。

1979 年 10 月

土地证

在西柏坡纪念馆，陈列着一张土地证。

这才是宙斯的火，
在中国的大地上燃烧，
这才是革命的胆，
给亿万奴隶撑起了腰。

多少喜儿杨白劳，
含着热泪放声笑，
多少王贵李香香，
捧在怀里志气豪。

就是这一张马兰纸，
把伪总统府压倒，
就是这一张马兰纸，
席卷了蒋家王朝。

让那南府的霸天，
看见你而绝望地号啕，
让那槐树庄的土豪，
半截牙齿都咬掉。

今天那一张张的土地证，
变成拖拉机的驾驶执照，
中国的土地插上了翅膀，
正向二十一世纪飞跃。

1979 年 10 月

无声的绿

王家峪八路军总部旧址有一丛翠竹。

站在那儿不声不响，
无声的绿、无声的阳光，
可我分明看到——
一群青铜的英雄雕像。

当年，为了光复国土，
从南方移植到北方，
在炮火翻耕的土地里，
栽下必胜的希望。

看你们破土而出，
高过了山石高过了墙，
看你们拔节上长，
挺起了一排长枪。

飞出一支支响箭，
射向四面八方，
举起一根根旗杆，
插到一座座城上。

如今，万山红遍，
还是一身旧军装，
只愿做一条条扁担，
为山区群众挑粮。

从没有开花的念头，
也不让风声宣扬，
对你们正直的形象，
人民永远不会遗忘。

1978 年 10 月

血色石

1941 年，13 岁的王二小，把一队日本鬼子引进八路军的伏击圈。敌人恼羞成怒，用刺刀把他挑死在涞源县刘家庄村西一块巨石上。当地人称此石为“血色石”。

抗日英雄王二小，
把一腔热血，
染红了地上的小溪，
染红了天上的云霓，
浸染了那一段历史，
浸透了一个民族的意识。

大山有灵，
珍藏了一个少年的英姿，
珍藏了一个血染的日子，
石头有情，
包含着一团火，
包含着一面旗，
包含着一首诗，
世界上最有价值的奇石。

石头里的小英雄，

手里举着皮鞭，
天天鞭打着中华民族的敌人，
嘴里吹着羊角，
天天唱着一首歌曲，
像风，像雨，
吹到我们心里。
想让我们忘记他，
除非海枯石烂时。

2005 年 5 月

桥

当日本人的刺刀
横断了乡亲们的活路，
父亲英勇地扑倒下去，
化为一座石桥，
让胜利隆隆通过。

于是，全村男人
都耸起了背，
扛起度荒的犁，
拉起支前的车。

于是，全村的牛
都躬起了腰，
负起艰难的岁月，
负起可怕的战争。

于是，它成为
小村的光环，
女人心中的月，
儿童眼里的虹，
歌曲里的连接符号，
连接了几代人的感情。

后来，随着岁月的流逝，
河床也干涸了，
它变成了一座古墓，
变成了半个括弧，
内容可以被省略去。

只有在母亲——
一个八旬老人的心里，
它是一道永不愈合的伤口，
一生走不出的
一架房屋拱顶。

1994 年 9 月

狼牙山，我心中的瀑布

李白唱绝的庐山，
世人叹服的黄果树，
哪里能比得上呵，
狼牙山高悬着的，
我心中最壮观的瀑布！

前临深涧，后有围堵，
正义被邪恶逼上了绝路，
五壮士没有踌躇，
信念的洪流冲破一切拦阻，
用生命在绝壁铺出坦途。

民族响当当拍着胸脯，
棋盘坨像一个拇指高竖，
惊天地呵泣鬼神，
那呼喊如惊雷回响在山谷，
呵，这才是真正的人字瀑！

你有多么巨大的能量，
冲击着亿万人心灵的机组，
产生着强大的电流，
除非他心房已经锈住，

变成革命精神的绝缘物。

你有多大的落差，
令亿万双眼睛仰慕，
山天躲标志着人生的刻度，
除非他患了白内障，
眼前是一片迷雾。

呵，狼牙山的瀑布，
五壮士留下的一份遗书，
谁要认识它无形的字符，
就会获得无穷的精神财富。

1976 年春节

沿途俯拾

清西陵（组诗）

西陵松[1]

你们是哪座山岭的百姓，
被拉来陪葬残忍的朝廷，
在这座辉煌的人间地狱，
受尽了奴役和酷刑。

多少年的屈服、盲从，
全然失去了松的本性，
一座木雕的宫廷图，
用的是你们被扭曲了的体形。

囚老了青春的宫娥，
阉割了身体的公公，
呆若木鸡的披甲、绿营，
战战兢兢的常在、答应[2]。

[1] 西陵松多是建陵时从全国各地移来的青年松。
[2] 披甲、绿营是清代守陵兵，常在、答应是清代皇帝侍妾之称号。

永远失去了滔滔的语言，
默念着乏味的经，
需要刮怎样的一场风，
才能唤醒你们的感情？

1981 年 6 月

鸟　巢

清西陵陵寝殿宇上筑着许多鸟巢。

欢天喜地的鸟儿们，
不理会一个封建王朝，
金碧辉煌的陵寝，
却做了它们的巢。

看它们尽兴地飞舞，
黄昏里画着写意的线条，
听它们尽情地歌唱，
晨曦里泼洒着彩色的欢笑。

可能是宫女们的青春，
终于挣断了镣铐；
也许是工匠们的灵魂，
到底冲出了地牢。

我赞美陵寝上的小鸟，
千万个自由的符号，
活跃了，渺小的伟大，
死去了，伟大的渺小。

1981 年 6 月

珍妃墓上的小黄花

一朵纤弱的小黄花，
笑开了一张历史的愁容。

长夜朦胧的憧憬，
曾挨过了多少个黎明？

心也变成了冷宫，
眼也哭成了枯井。

今日，这圆寝再不是冷宫，
引来多少人探视同情。

这朵纤弱的小黄花，
美过那边参天的青松！

1981 年 6 月

旅　顺（组诗）

白玉塔

日俄战争后，日本在旅顺修建六十多米高的“表忠塔”，旅顺解放后改名为“白玉塔”。[1]

在高高的白玉塔下，
是谁深深地低着头？
一位年老的日本朋友，
满脸说不出的害羞。

他抬着颤抖的手，
说这东西不该保留，
在高唱友谊的时候，
它是一根骨鲠在喉。

忽然他手又缩回，
说这东西不能清除，
这是一根教鞭，
提醒着另一个民族。

1980 年 9 月

[1]1985 年，白玉塔作为日俄战争遗址和帝国主义侵华物证被列为市级文物保护单位，更名为“白玉山塔”。

伤　疤

　　鸡冠山堡垒是日俄战争遗迹，还有一门俄炮。

真不愿意看见它，
多么刺眼的一处伤疤，
为争夺我国的咽喉，
两只恶狼在这儿咬架。

这门发了锈的大炮，
是一根留下的狼牙，
看到它，难道不想起
那张带血的嘴巴？

不要说血流过了，
可悲的历史已经结痂，
不是吗？一遇阴雨天气，
隐痛首先在这儿触发。

1980 年 9 月

泰　山（组诗）

挑　夫

山路四十里，
石磴七千级，
从山上看你何等渺小，
就像艰难爬行的蚂蚁。

脚印一汪汗水，
喘气一团云霓，
从身后看你真是巨人，
正一步步把泰山踩低。

两只缓慢的脚板，
深深地踩在游人心里，
一条沉重的扁担，
给社会留下多大的压力……

1979 年 4 月

对山松

双峰对峙危千仞，
天生一座闸门，
波翻浪滚泻去也，
一层青山，一层白云。

万松叠翠队森森，
两岸歌手对阵，
对松亭上听不尽，
一半松涛，一半泉韵。

扫去松壑残云，
清风荡入胸襟，
从此看山才清新，
头上天晴，脚下云深。

1979 年 4 月

登天柱山寻魏碑

抬头，天柱巍峨，
那魏碑在柱顶摩崖石刻，
绝壁千尺，
不见几蓬草棵，

上山的路，
是一串凿出的脚窝。

脚下，百丈深壑，
风一吹，落下冷汗几颗，
手在风里捏着，
心在手里捏着，
仿佛这大山，
也跟着我的双脚哆嗦。

从孩提时代，
我就把魏碑临摹，
照着平展展的帖，
打着方正正的格，
伸胳膊踢腿，
像在大平原上扭秧歌，
哪能学到这险峻的风格！

爬呀，我手脚并用，
在石壁上慢慢地挪，
山下人看我，
形体一定十分笨拙，
可是，这却是我
对心目中的艺术
第一次真正的临摹。

1980 年 12 月

山旺化石（组诗）

万卷书

临朐山旺化石夹在薄薄硅藻土层中，人称“万卷书”。

空间的压缩，时间的凝固，
大地珍藏的一套回忆录，
消失了可辨认的文字，
只剩下一幅幅生动的插图。

像偶然翻出发黄的影集，
大自然欣赏着孩提时的面目，
一连串出神的回忆，
不管是幸福还是痛苦。

也许有些无所用心者，
根本不去理睬这难读的天书，
在他们眼中，过去和未来
都会风化成一堆黄土。

1982 年 12 月

山东鸟化石

飞越一千五百万年长空，
扇动你有力的翅膀，
今天款款降落，
带来了什么吉祥？

欢迎你来做窝吧，
在新中国繁茂的枝叶上，
我从你面前走过，
听到一种古老的歌唱。

1982 年 12 月

蝙蝠化石

还带着几分狰狞，
出土的一个夜，
那曾咬落夕阳的嘴，
还残留着几滴血。

世上黑色的东西，
并不都是铁，
看它在光明面前，

分明是胆怯。

1982年12月

蝌蚪化石（一）

一千五百万年，
仿佛也是一刹那，
顽皮的小蝌蚪，
还没有甩掉尾巴。

断言它的一生，
再也变不成蛙，
离开了水和游泳，
也就不再进化。

蝌蚪化石（二）

离开了波涛，
终止了运动，
结束了短暂的生命。

保持了天真，

进入了梦境，
得到了存在的永恒。

相对的静止，
反而获得巨大的运动，
游过了一千五百万年的里程。

1982 年 12 月

塞罕坝（组诗）

小滦河怀古

木兰围场一望无际，
还响着二百年前的马蹄，
小滦河弯成一张弓，
在夸耀康熙大帝的臂力。

把横断山搂在怀里，
把兴安岭搂在怀里，
把天山搂在怀里，
把冈底斯山搂在怀里。

然后，他隆起筋腱，
与北方的大熊较力，
把野心推后了三千里，
把寒流推后了三千里。

比李广还长的手臂，
不光有射虎的力气，
他还比成吉思汗，
多拿起了一支笔。

1981年7月

滦河源

滦河，我在这里，
找到了你的童年，
一个迷路的孩子，
贪玩在多水的草滩。

眸子清清，
酒窝浅浅，
野花插满头，
萍叶贴满脸。

一会儿抱几朵白云，
一会儿放一行大雁，
忽闪忽闪的眼睛，
把一队队蝴蝶追赶。

后来，你玩累了，
伸开四肢睡得香甜，
忘记了村里的炊烟，
和母亲一声声召唤……

什么曲直、悲欢，
什么水利、洪泛，
你还没有听说过，
难怪懂事太晚。

直到跳下坝头，
结识了一座座大山，
你慢慢长大了，
同时也受到污染。

1981 年 7 月

一架窝铺

在茫茫林海深处，
发现了一架窝铺，
支撑的木棍快要发朽，
两边的草皮已经变腐。

在创业者的脑海，
它是一只不沉的方舟，
在来访者的眼里，
它是一树化石的珊瑚。

在那吃不饱肚子的年代，
它迎接来绿化宏图，
部署二十年造林战斗，
曾在这里运筹帷幄。

在那零下四十度的严寒，

它曾经是一台特号锅炉，
把一天风雪推出门外，
理想和野菜一起煮熟。

这一架简陋的窝铺，
是八十三万亩森林的苗圃，
这一眼绿色的喷泉，
是这无边林海的源头。

1981 年 9 月

林区小路

林区小路，
祖国的末梢神经，
最能触动爱，
触动感情。

林区小路，
祖国细微的叶脉，
流动着阳光，
流动着风。

我在这琴弦上跳跃，
脚步很重很重，

我想长安街上，
一定有它的回声。

我在这小溪里游动，
体重很轻很轻，
像是滴叶绿素，
与祖国常青。

1981 年 7 月

花与草原（组诗）

初访青城

莫道草黄露冷，
秋风像朋友的手指，
掀衣怨我来迟。

我说此行正合时，
不曾欣赏花朵，
有幸看到果实。

土默特的秋红火热闹，
高粱染半天晚霞，
金瓜吊一轮红日。

乌兰察布的秋结结实实，
敖包似出笼的馒头，
浩特有溪流般的奶汁。

连草原的天都沉甸甸呀，
云在空中结茧，
风把它们纺成了丝。

那达慕[1]并未散场，
看呼市大街小巷，
都是比赛的雄姿。

到处举杯议论，
哈哈，摔倒了贫穷，
好政策真是个大力士。

举目博物馆楼顶，
内蒙古，我真正认识了你，
挣开羁绊，正在奔驰！

1981 年 9 月

昭君墓

辨阴山之脉，
追黑河之源，
我寻找草原春之行踪。

原来杨柳依依，
牧草青青，

[1] 蒙古语，意为“娱乐、游戏”，是蒙古族人民每年农历六月初四前后举办的草原节日盛会。

千里新绿都从这儿蔓生。

一眼生命之泉，
细流叮咚，
千年来不曾结冰。

是一叶方舟，
欸乃有声，
为塞北载来春风。

怪不得先有青冢，
后有青城，
沙碛和风暴都埋入草丛。

原来一条林带，
一项绿化工程，
早在一千多年前就开始实行。

1981 年 9 月

蝴　蝶

花儿不甘寂寞，
要去拜访淖儿，
要去约会风。

它们真的飞起来了，
看翩翩蝶舞，
不就是花朵的身影？

起飞的憧憬，
羽化的爱情，
追逐着阳光和天空。

1981年9月

百灵鸟

地上唱歌，
地上做窝，
连身上的羽毛，
也都是大地的颜色。

不学云雀向往蓝天，
不像燕子追逐暖和，
你执着地追求，
像牧民一样忠实生活。

你会唱动人的歌，
多如草原七月的花朵，
然而决不肯有一句，

做鹦鹉学舌。

草原之春音乐会，
赶来的花腔真多，
谁是草原真正的歌者，
只有风雪懂得。

1981 年 9 月

七月草原

七月雨，点点滴滴，
液化着积蓄一冬的力，
草儿发疯似的生长，
要涨满短短的无霜期。

风儿欢快地追赶马蹄，
把世上一切色彩收集，
花的原野，祖国的笑容，
笑得那么爽朗、惬意。

草原七月天长夜短，
晚霞转眼就变作晨曦，
距离太阳越远的土地
越知道对阳光珍惜。

1982 年 7 月　锡林郭勒

大海小诗（组诗）

桅　灯

羡慕岸上的灯火，
不留恋故土的温情，
甘愿站在高高的桅顶，
守卫一舱甜蜜的梦。

浪扑来，怒目圆睁，
雾压来，憋得眼圈红，
不管面临何种险情，
从不眨一眨眼睛。

风浪中一颗火亮的胆，
夜海里一颗吉祥的星，
看对岸的码头口上，
多少双笑眼分享你的光明。

1980 年 2 月

缆

缆呵，大海的缰绳，
淌着浪，响着风，
是多少条经纬线拧成？

不喜欢在码头固定，
哪怕多耽搁几分钟，
也怕说是女人的辫绳。

乐于在海上驰骋，
即便是休息待命，
也被看作缚鲸的长缨。

1980 年 2 月

海堡新景

一排排新房，
像船儿泊在港湾。

房顶电视天线，
是一片林立的桅杆。

每根桅杆下面，

挂一张银亮的帆。

把渔家的心呵，
带到很远很远。

1981 年 8 月

生活小插曲

小小的空中花园

望见你就眉开眼笑，
我家小小的空中花园，
五颜六色的花开了，
最美的一朵是小女儿的嫩脸。

我体态轻盈的妻子，
过早地凋谢了红颜，
经受过十年的干涸，
她更懂得浇灌春天。

让我们心爱的小女儿，
永远生活在花的中间，
我家小小的阳台，
应该是美的摇篮。

1981 年 2 月

长吧，儿子的脚

儿子刚满十三岁，
鞋已穿到四十二号，
一次又一次的突破，
趾甲是锐利的尖刀。

不像爸爸净穿小鞋，
不像奶奶缠过裹脚，
是他的脚在要求鞋，
每一双都要解放号。

长吧，长吧，儿子的脚，
全家都把你另眼相瞧，
爸爸妈妈都涨了工资，
供你吃肉，供你吃面包。

高山等着你攀登，
纪录等着你创造，
几代人都在盼望——
我们中华民族的身高！

1981 年 2 月

接到准迁证

我接到一张准迁证，
像又一次迎接新婚，
真兴奋得难以入睡，
就要告别十几年的“单身”。

没托关系，没走后门，
书记双手捧来了佳音，
人说职称是不飞的鹊桥，
书呆子也交上了好运。

满屋旧友为我祝贺，
火炉、饭盒、洗衣盆，
准备迎接新的来宾，
油盐酱醋和生活的芳馨。

天明我才打了一个盹儿，
这张纸还紧贴在前心，
一忽儿变成了绿茵，
一忽儿变成了白云……

1981 年 2 月

卖破烂

货郎鼓给了我启示，
我的房间应该清理一次，
那穿了多年的“运动”服，
那戴破了的旧帽子，
还有山样高，
装潢漂亮的“废纸”。

收购员眉开眼笑，
一秤、一秤、一秤，
小小的秤砣，
打不起我沉重的往事，
难道这就是我黄金的青春，
留下来的价值？

邻居们用惊疑的眼光，
瞅着我到手的一把票子，
我大笑着一天把它花光，
换一方穿衣镜，
一瓶“味美思”，
还有几本我喜爱的新诗。

1981 年 2 月

夜深了

夜深了，她还趴在
缝纫机改造的书桌上，
用铅笔和计算尺
做电大高等数学，
再不用剪刀和铺衬
缝补拮据的生活。

儿女们早睡熟了，
我知趣地退在一个角落，
偷偷地移过去台灯，
看她从容地把昨天与今天，
两点连成一条直线，
连接上中断多年的理想和功课。

这中间，
短暂的新婚的甜蜜，
长久的生活的苦涩，
办公室打不完的瞌睡，
回来干不完的家务活，
一切都像那些演算稿，
被她用橡皮轻轻一抹。

再不满足贤妻良母的美誉，
她开始需要技术职称
和第一等的工作，
像只鸟儿不再恋窝，
她振起了翅膀，
去领略天空的广阔。

1981 年 2 月

听　鼾

老头子打呼噜，
是俺听惯了的歌，
长声短调好音色，
唱他一天的工作。

一会儿旋，一会儿磨，
一会儿铣，一会儿锉，
翻身扭脸憋口气，
快刀加油把大件车。

哪次加班也瞒不了我，
音调儿提高八度多，
又叫饿，又喊渴，
吧嗒着大嘴要酒喝。

哪夜听不见他的歌，
反倒教俺睡不着，
准是谁又给他上了政治课，
一股闷气儿在心里窝。

1980 年 9 月

品　酒

品酒，品酒，
可美了舌头，
十万味蕾驾起小舟，
在酒海里畅游。

飞过座座春山，
摸到紫雾的轻柔，
掠过片片花海，
听见百鸟的歌喉。

玛瑙红的色彩，
把多少朝霞吸收，
玫瑰香的芬芳，
把多少花期保留。

从果园姑娘的手指，
到酿酒师傅的心头，
从蜂恋蝶闹的枝间，
到经年陈酿的酒篓……
中山先生的题词[1]，

[1]1912年，孙中山先生在考察张裕葡萄酒公司时，亲笔题赠“品重醴泉”。

巴拿马赛会的风头[1]，
评价今日烟台酒，
都显得远远不够。

多少酒瓶眼前走，
流水线上似江流，
我愿趴在长江尾，
每个浪头尝一口。

1980 年 9 月

[1] 张裕白兰地在 1915 年巴拿马太平洋万国博览会上获奖。

秋到太行

太　阳

这老实巴交的汉子，
也来找村长。
他口吃着，
半天吐不出一个字，
只有涨红的脸，
表达着强烈的愿望。

这个老救济户，
如今家业兴旺，
要把他巨大的变化，
摆到城里农贸市场，
请求自产自销证上，
加盖一记公章。

难怪他口吃，
把每个字眼，
都嚼出了声响，
老村长最知道，
他这句话的分量！

这汉子，用双手，
接过一片赞扬，

眼睛一闪一亮，
眉毛一挑一扬，
像小孩子一样蹦跳着走了，
捧回去一轮火热的太阳。

1980 年 5 月

大伯镶了一口牙

全村人都知道啦，
大伯镶了一口牙，
看他乐得合不拢嘴，
露着一排银灿灿的话。

前几年劝他镶牙，
他说镶上也白搭，
一天喝三顿糊糊的日子，
还不如囫囵咽下。

如今生活变化大，
也吃上了鱼肉鸡鸭，
全村数得着的冒尖户，
比谁都需要一副好牙。

你看大伯那牙，
嘎嘣嘣吃豆，
脆生生咬瓜，
把鲜美的滋味嚼呀嚼呀……

1980年5月

鸡　年

“卖小鸡喽！”一声喊，
吆喝得那么坦然，
拉长的嗓门儿宽又圆，
还真富有音乐感。

叫醒了水，呼应了山，
唤开了家家门两扇，
条条胡同里人如流，
直往那街筒子里灌。

就是他，那年进村不敢喊，
哑着嗓子把户串，
小分队处处把得严，
查鸡像捉拿“政治犯”。

快买呀，何须再挑拣，
箩里小鸡都包圆儿，
那几年欠下这老汉的情，
今年可该加倍还。

老汉挑回空担担，
泪珠儿爬满了脸，

扯着嗓子还在喊：

“卖小鸡喽！今年是鸡年……”

1980 年 3 月

插篱笆

竹一把，篾一把，
谷雨插篱笆，
半边篱笆未插起，
春风也往上倚，
春光也往上爬。

等急啦，等急啦，
十年一把铁扫帚，
院里不见绿芽芽，
听不见鸡，看不见鸭，
唉！这叫什么家！

老汉心里谱儿大，
地上把圈画：
这儿串豆，那儿吊瓜，
那畦叶子烟，
我就让了吧。

老婆不跟他吵架，
拽住就往屋里拉：
兔宝宝，鸡娃娃，
笼里一对扁嘴鸭，

等你烟瘾上来了，
抓给一把蚕豆花。

插篱笆，插篱笆，
半边篱笆未插起，
多少欢喜上头挂，
一支合唱队，
一幅水彩画。

1980 年 5 月　聊城

风落枣

禁不起一场风，
坠落了，来不及叹息一声，
一张干皱的脸上，
三分羞愧，七分苦痛。

并不是提前成熟，
是内部已被蛀空，
走了捧场的蜜蜂，
来了送葬的苍蝇。

当姐妹们都还青青，
唯你脸上泛起潮红，
炫耀在馋人的眼前，
何等得意，满面春风。

把大家好心的规劝，
当作嫉妒你的艳容，
硬是将肺痨的特征，
拿来卖弄风情。

陨落了一颗亮亮的星，
毁灭了一场甜甜的梦，

只盼扫落枣的大娘，
捡回你可悲的一生。

1980 年 3 月　阳谷

地界牌

绳子拉，丈竿排，
老三，也分给你个界牌，
可不是再次搞“土改”，
莫当桑棵深深地栽。

是划给你一块战场，
让你把“穷”字斗败，
是分给你一条跑道，
让你参加“四化”竞赛。

是让你划清界限，
与那荒唐的年代，
再不能天天大呼隆，
秋后粮站去把队排。

是让你严格分开，
与那混日子的年代，
天天到地里要烟袋，
秋后把嘴片挂起来。

老三呀，别再发呆，
快，快，把它插起来。

这可是一把尺子，
到秋天量你的高矮。

1979 年 1 月

露水集

晨星暗了秤星明，
赶集早进城，
筐里猪娃还没醒，
笼里公鸡正打鸣。

青椒、白藕、灯笼红，
街头添新景，
鲜鱼、老姜、嫩小葱，
吆喝好脆生。

看那买主不还价，
菜篮满了还约秤，
政策开花又结果，
只觉屋里空。

瞧那卖主手头松，
秤砣又挪几个星，
为了四个现代化，
只嫌贡献轻。

来匆匆呵去匆匆，
卖完去上工，

只有一地露珠不肯动，
还映着刚才的好风情。

1979 年 8 月

汛　期

社员富，银行是水库。（民谚）

今年棉花收成强，
家家钱包涨，
社员储蓄的汛期到，
条条小溪，
涌向县银行。

早知今年增流量，
营业多开几个窗，
闸门昼夜不敢放，
好家伙，
大队还排那么长！

会计笔杆一支桨，
怎敌扑来千层浪？
满盘算珠浪花跳，
快来瞧，
水位一个劲儿涨。

从前有名的救济户，
手举存折找行长，

政策三年不变样，
存款数字年年涨，
怕你这格格不够放。

1979 年 8 月

隔　壁

听呵听呵，
我听着隔壁，
那院里的婆媳，
听惯了的一台戏。

高声地吵架，怄气，
低声地哭泣，叹息，
为少卖了一个蛋，
为多下了一把米。

媳妇要平等，
婆婆要规矩，
唉，还不是一个“穷”字，
窝在心里吐不出去。

听呵听呵，
我听着隔壁，
那院里的婆媳，
可是换了一份年历。

不断的欢声，笑语，
三两声秧歌，小曲儿，

才添了半导体，
又加上缝纫机。

媳妇包几亩棉花地，
婆婆包一院猪和鸡，
哈，别小看一个“富”字，
比三个调解员都有威力。

1979 年 8 月

秋到太行

秋到太行，
集体把它抱上场，
黄豆、谷子、玉茭棒，
堆成金山梁。

秋到太行，
社员把它捧上房，
大枣、辣椒、柿子筐，
铺成红海洋。

请太阳望一望，
才过了几个晚上，
咱们的山峪，
就变成了画廊。

请风儿闻一闻，
才过了几个早上，
生活的滋味，
就变得这样香。

那晚霞不声不响，
给它录了像，

让全国人民看一看，
今日太行啥模样。

1979 年 10 月

炊　烟

傍晚，我爱坐在山巅，
观察眼前缕缕炊烟，
或直或弯，或浓或淡，
我懂得那是山村特殊的语言。

三年困难，微弱滞缓，
淡淡青烟刚刚冒出房檐，
一把茅草煮一口野菜，
灶前大嫂无力把风箱扇。

混乱时间，郁郁团团，
浓浓的黑烟夹着火星几点，
一灶湿柴燎一把炒面，
家家烟囱都吐着愤懑。

今天，看袅袅炊烟，
百户人家有百种表演，
每缕炊烟都是一根天线，
牵着一幅彩色的画面。

死里逃生的有福老汉，
正用筷子挑起二尺长寿面，

看那晃晃悠悠的炊烟，
不像他胡子笑得乱颤？

树不发青的光棍堂里，
今天也摆开了新婚的喜筵，
看那前仰后合的炊烟，
不像他喝醉酒的身段……

1980 年 3 月

老槐树下

几把蒲扇，一壶香茶，
老槐树撑开了大伞，
庄户人的凉亭、大厦。

月光如水，
从枝叶间泻下，
泼一幅写意的水墨画。

爱说的争着磕牙，
把那几年生活编成笑话，
笑呀，像凉水澡一样解乏。

爱吃的搬来了西瓜，
打开各自的话匣，
吃哟，十几年第一次消夏。

那儿有一双闲不住的巧手，
用花花绿绿的毛线，
编织她即将出土的嫩芽。

那儿躺着颗坦然的心，
四肢伸开，响着呼噜，

就地写一个有声有色的“大”。

老槐树下欢快的夜晚，
是农民心里的清晨，
活跃的思想都从这儿出发。

1980 年 5 月

玉米吐出了红线线

玉米吐出了红线线，
无声的歌，有色的语言，
在小伙儿心里埋藏了多长时间！

从青梅竹马到长成青年，
欲吐真情又有苦难言，
她家是支书，他家是社员。

新政策给了他个机会，
一家分一块责任田，
只不过隔一道地边。

一封秘密又公开的信笺，
他把心迹都写在上面，
天天都呈献在她的眼前。

工工整整的方格格，
每个字都修改了无数遍，
风雨也帮忙润又染。

采取了农村的恋爱特点，
不轻浮也不敢浪漫，

只为心诚籽粒饱满。

玉米吐出了红线线，
花粉还需要风来传，
多简明的信她还没看完……

1980 年 5 月

他走进绿色邮局

一个白羊肚毛巾，
闯进绿色的邮局，
走进了神秘的青纱帐，
禁不住眼光迷离。

五尺柜台一道石堰，
他感到自己个儿太低，
肚子总算吃饱了，
开始觉得脑子空虚。

没有犹豫，他举起，
举起一叠人民币，
这数目可以买一箱白酒，
或者妻子的一身毛哔叽。

一口气叫出二十种报刊的名字，
熟悉得像数着他的亲戚，
从《植保》《养蜂》到《养鸡》，
还有《诗刊》《人民文学》《旅游天地》。

像交完了棉花预付定金，
他长长地松一口气，

粗拉拉的大手里，
攥着一大把收据。

像捉住了足够的化肥，
捉住一场及时雨，
捉住了一个好年景，
捉住了一台彩色电视机。

他走出邮局，哼着小曲儿，
眼前的阳光格外明丽，
回头记住墙上海报的日子，
他想，今天才走进了新时期。

1982 年 3 月

戴墨镜的农民

人们像瞧电影一样，
打量着玉米地里的年轻人，
仿佛那一副浅绿色的墨镜，
标志着一个不光彩的身份。

他淡淡地一笑，
低下头，锄把攥得更紧，
对于三伏天如箭的阳光，
以及背后和当面的议论，
他那两块浅绿色的镜片，
是一副浅绿色的盾。

他不怪叔伯们，
在太阳的曝晒下，
眼角堆着眵目糊，
眼珠蒙着火烧云，
还乜斜着，
用几千年的眼光看人。

他，一个戴墨镜的农民，
眼前是淡淡的天，
心上是浓浓的荫，

他相信，到秋后，
这墨镜和他的责任田，
将一同被乡亲们承认。

1982 年 3 月

一块奇异的土地

初春，晨曦里的菜市，
比韭黄和西红柿还鲜亮的，
是这位农村姑娘手上
一个黑色的计算器。

人们忘记了菜价的昂贵，
都用惊异的眼光，
欣赏这产生诗意的，
一块奇异的土地。

然而，姑娘并不忸怩，
粗糙的手指从容地
把她一家笨重的劳动，
变成一支无声的歌曲。

虽然，这简单的运算，
还不能表现农村的一切，
时代和科学还没来得及
把今天农民的思维编出程序。

但是，小小的荧光屏，
毕竟显示出生活的速度，

中国农村经济，
已经从算盘跳上了计算器。

1982 年 3 月

西行剪影

穿越历史

从日月山出发，
我们穿越历史，
被冷落的岁月，
早已古旧得发黄。

沙丘断续，象形文字，
让人读不懂，
听不见羌笛，
阳光枯萎着，
风儿疲惫了，
蜷曲在红柳下，
守着寂寞。

公路伸进去，
注入一阵风，
惊醒了茶卡蓝色的瞳孔，
水底摇动着，
文明的诺木洪。

不是蜃景欺骗眼睛，
盛装的香日德，
华丽又庄重，

飞机的翅影，

铁牛的吼声，

叙述着一个古老的梦。

1989 年 8 月

道 班

四十里一户人家，
寂寞吗？
有喇叭不断对话，
经纬线在足下交叉。

四十里一户人家，
干个啥？
路面是一畦田园，
电杆是一行庄稼。

平展展的地上，
盛开着密麻麻轮花；
光秃秃的秸秆，
结出了晨曦晚霞。

像路面一样，
坦然而开阔的心境；
像电杆一样，
正直又无私的人家。

1981 年 8 月

经察尔汗盐桥[1]

是在天空飞翔，
还是在海上航行？
穿行在云朵与浪花之中，
好像骑一道长虹。

是小心走平衡木，
还是大胆地溜冰？
雪片往“玻璃”上抹油，
摩擦力快小到零。

几十颗心膨大了，
方向盘那么沉重，
六十五公里杂技表演结束，
司机才觉出轻松。

1981 年 8 月

[1] 在盐湖上架桥极难，我国首创用盐水浇凝盐湖公路。

青藏线

攀上高山，
钻出云雾，
伸到世界屋脊，
一枝爬山虎。

曲曲弯弯，
山重水复，
观察西藏的，
一张心电图。

两千公里大动脉，
川流不息，
柴、米、油、盐，
诸多营养靠它运输。

五千米“禁区”，
高山反应挡不住，
一辆汽车一个红细胞，
氧气供应得很充足。

“解放”换成了“东风”，
两天赶完一星期的路，

汽车的速度，

就是西藏的速度。

1989 年 8 月

格尔木河

东走的黄河，南下的长江，
都去投奔富庶和海洋，
有谁听嘤嘤泣诉，
来自北边的荒凉，
饿倒的骆驼，
渴死的牛羊。

雪山流泪了，
抛出一副热心肠，
急急忙忙，
趺趺宕宕，
去寻找金牧场。

世世代代，
气候无常，风沙猖狂，
春天一直在捉迷藏。
它终于耗尽力气，
空河床是一管古老的羌笛，
由风吹着悲怆。

一天被将军拦住，
请到他的望柳庄，

推心置腹一席话，
相见恨晚，热泪汪汪，
一下子心明眼亮。

格尔木河，
欣喜若狂，
结束了流浪，
投入马达歌唱、钢铁交响，
钻进阵阵林涛、层层麦浪。

1989 年 8 月

八月黄昏

八月的格尔木，
黄昏很长，
下午十点，天边
还贴着一个太阳，
漫不经心地，
把树影儿斜画在地上。

老寿星，
白眉毛盖着眼眶，
葡萄酒丝，
坠在胡子上，
慢板的秦腔，
唱的是《苏武牧羊》。

鸡腿裤小伙儿，
大辫子姑娘，
从马拉松比赛
扯到毛纺厂，
马路耐心地陪伴着，
把话题引向远方。

围棋枰上，

双方争夺战场，
卖牛肉面的，
吆喝抻得老长，
露天舞会，
几盘磁带对接上。

夕阳搀着醉汉，
晚风带着瓜香，
还是戈壁空旷，
放得下这般安详，
还是高原宽广，
容得下时光徜徉。

1989 年 8 月

左公柳

马鬃山下，嘉峪关前，
一天风沙弥漫处，
兀立着一名“老卒”。

躯干佝偻，毛发稀疏，
虽然仅仅一百多岁，
却显得已经很古。

暗了色泽，哑了歌喉，
终日老守着一份孤独，
像一具不知年代的雕塑。

难说是敬重还是憎恶，
它没有大片的绿荫，
毕竟还保持了一块水土。

难说是漂亮还是丑陋，
它不是参天的柏松，
也还不是一丛灌木。

树，它毕竟是一株树，

该夸就夸，该撸就撸，
唯有被人遗忘使它痛苦。

1981 年 9 月

李广杏

甘肃敦煌有一种大杏，相传是汉将军李广从西域带回的芽嫁接而成，当地称李广杏。

春日里灼灼杏花，
可是将军摘下的盔缨？
阵阵寒风，
吹开了一副历史的笑容。

夏天里颗颗红杏，
可是将军留下的驼铃？
远远传来，
一千八百年前的歌声。

跳下战马，护心镜下，
带着体温的嫩芽，
是他苦苦寻找的繁荣。

拔出战刀，划破世俗，
他园艺家一样的心，
嫁接着各民族的友情。

也许在滚滚狼烟里，

他没见到成功，
花，只是他心里的憧憬。

也许在阵阵风沙中，
他没有尝到甘甜，
杏，只是他梦里的星星。

今天，品尝着这杏，
回味漫长的历史，
滋味是这般的浓。

甚至，从它获得了灵感，
现代化，引进和国情，
我的诗，借鉴和传统。

1981 年 9 月

月牙泉

翻过一架大山，
像拨开一疙瘩云团，
呵，终于看到了你，
两条弧线，一个半圆，
亮晶晶一眼月牙泉。

你躲在沙门里面，
好生一个字：闲。
只留恋秦时明月汉时关，
还不知道人间，
早已过去多少年！

怀抱琵琶不肯弹，
是因为丝绸之路断了弦！
我当然懂得你，
默默无言总是怨，
一只泪盈盈的眼。

我特地来告诉你，月牙泉，
今天已是换了人间，
你身旁有了钢铁之路，

一条已经翻越天山，

一条正伸向塔克拉玛干。

1981 年 9 月

莫高窟

五百座石窟，五百个窗口，
洞开在鸣沙山岩壁上，
五百间艺术陈列室，
存放着历史的多少录像。

曾经轰动世界的艺术，
这不是文化的木乃伊，
泥土有活跃的生命，
颜料有深邃的思想。

英武的西汉，丰腴的盛唐，
丝绸之路商旅繁忙，
回忆到振奋人心的年代，
连泥菩萨也脸上有光。

五代的混乱，东晋的荒唐，
宝窟几乎被西方的骗子盗光，
说到历史的伤心处，
大泉河流成泪一行。

五百个窗口，五百双眼睛，
历史也一直从里向外张望，

含着期望，含着憧憬，
默默朝着太阳升起的方向。

终于五百双眼睛一齐发亮，
看到了祖国的烂漫春光，
它相信神话中的极乐世界，
不在西方，而在东方。

1981 年 9 月

静静的产院

五月鸟岛，一座静静的产院，
连风儿都蹑手蹑脚，
怕惊动这安谧的时间。

草滩铺开平平的软床，
阳光罩上洁白的床单，
云来了，轻轻拉上窗帘。

我后悔贸然前来造访，
给众多的母亲带来不安，
不小心会一脚踏碎一窝鸟卵。

我应该带来红糖和糕点，
带来满天红霞裁襁褓，
举起花束和花一样的祝愿。

听软喙正轻叩光明之门，
这声音比一切音乐更动人心弦，
哈，就要钻出来一个明媚的春天。

1981 年 10 月

雏鸟试飞

小翅膀轻轻抖动，
向无限广阔的天空，
伸出两个嫩黄的叶片。

小翅膀轻轻抖动，
向无限遥远的航程，
张开两挂崭新的风帆。

一遍又一遍，
把非常顽强的信念，
歪歪扭扭地写在蓝天。

一天又一天，
为了矫正学飞的动作，
把青海湖水当作镜面。

天感动了，
吹来轻柔的风，
为它们擦汗。

水激动了，

跳起来束束浪花，
为它们祝愿。

1981 年 10 月

农十三师地窝子

掘地为穴，
蓬莱藏身，
一代开国将士，
变成新时代的“猿人”。

雪在头上盖，
风在耳边滚，
投入大地的怀抱，
更体会到母亲的体温。

出门迎朝霞，
归来披星辰，
夜夜都有好梦，
鼾声如同地震。

青年结婚，
妇女临盆，
天南海北做近邻，
婴啼都带着乡音。

插草做门牌，
堆石做岗亭，

苗圃长出大森林，
这儿是新城市的前身。

今日参观如朝圣，
低头报门而进，
这平地上的莫高窟，
个个都是藏经洞。

2016 年 9 月

三塘湖风电基地

巴里坤草原上，1000 座风力发电机，绵延 90 公里，日发电 1000 万千瓦时，白色机柱特别耀眼。

远望，一簇银针，
穴位选得很准，
激活草原的神经，
听到咚咚的脉音。

再看，一队海军，
整齐的白色方阵，
听到集合的命令，
朝着一个目标前进。

一块偌大的白桦林，
树冠是朵朵白云，
风吹叶片哗哗响，
弹起一千把马头琴。

满眼白色的桅杆，
都张开三叶的白帆，
千船竞发齐向前呀，
带动了整个草原。

走近，个个都是巨人，
把我们比成侏儒，
游手好闲的“驴友”，
都好似堂吉诃德的门徒。

2016 年 9 月

哈密瓜

走进哈密瓜田，
走进一幅油画，
满眼绿色的阳光，
忘记了周围的风沙。

他递来一块哈密瓜，
递来一弯月牙，
一阵凉风扑面而来，
全不觉处在盛夏。

咬一口，脆又沙，
连瓜子也忘记吐啦，
满腹蜜糖在溶化，
顿时解除了疲乏。

他那黑红的脸膛，
也是熟透了的笑呀，
两只眼又弯成了月牙，
流出了有滋有味的话。

哈密人，哈密瓜，
贮存了这么多甘甜，

是因为很大的温差，
还是因为时代的变化？

2016 年 9 月 16 日

沙　枣

你瀚海的珍珠，
在漠天的蚌壳里形成，
含辛茹苦多少天？
结晶了一脸痴情。

你凝固的风声，
在我的心壁上共鸣，
风吹沙打多少天？
成熟了一颗美的心灵。

在干风如火的塞外，
谁还嫌你不够水灵？
你贡献给祖国大地的，
是一份没有水分的忠诚。

在春风不度的地方，
谁还嫌你味道不浓？
含在嘴里细咀嚼，
是一种语重心长的叮咛。

在没有人烟的地方，
谁还嫌你果实太轻？

亮晶晶闪耀在眼前，
一树沙枣是一天星星。

2016 年 9 月

访苏诗抄

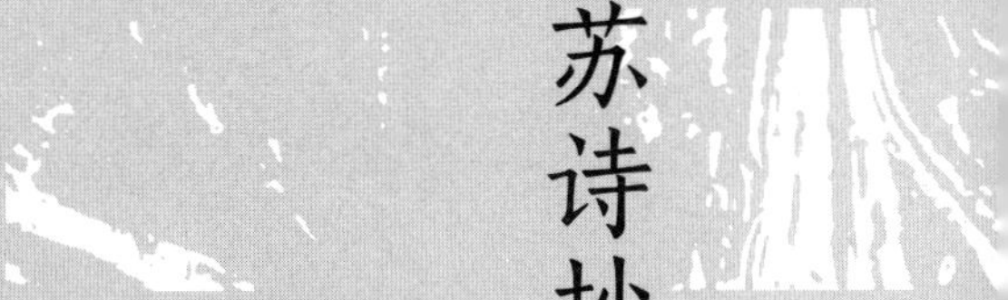

挽　联

红场上三百六十五天，
天天都是清明，
成千上万的人们，
赶来瞻仰列宁。

两行长长的队伍，
一副吹不走的挽联，
飘在风和日丽，
飘在雪天雨中。

挽联上的文字，
由各种发色组成，
我是一个工整的汉字，
浓墨书写着虔诚。

1987 年 8 月

列宁山

在莫斯科常常见到男子一身黑礼服，女子一身白礼服，到列宁山举行结婚典礼。

一棵吉祥的常青树，
引无数鸟儿来做窝，
黑、白鸟儿绕树飞，
哢着甜蜜的歌。

一只矫健的苍鹰，
配一只温柔的白鸽，
一株青松摇风，
伴一树梨花带雨。

在烈士纪念碑前，
在赫尔岑和他的战友
宣誓的地方，
举行海誓山盟。

快乐和幸福的起点，
从此两个生命合而为一，

一首优美的抒情诗，
之后是一部长篇小说。

1987 年 8 月

"钟王"与"炮王"

在克里姆林宫博物馆，"炮王"长4米，重约40吨；"钟王"直径6.6米，重约202吨。

好大的钟，
警惕的声音，
全俄罗斯都听得见。

好长的炮，
无限地延伸，
向世界炫耀强权。

一对洋矛盾，
印证着两千多年前，
中国韩非子的论断。

然而，在历史老人眼里，
不过是两个孩子，
在打闹着玩。

终于，一个德国顽童，
驾着古老的飞机，
加入了这场游戏。

1987年8月

纳粹钢盔造型

展览馆内有一个纳粹钢盔。

放大了的
半个头颅，
里面血管膨胀，
嘶哑着洪水般的诅咒。

缩小了的
半个地球，
恐怖的阴影笼罩，
窒息了多少山脉河流。

割裂开的团圆，
是历史留下的坟头，
连那发霉的暗绿，
也是墓草的颜色。

翻转过来，
曾是魔鬼的酒盅，
飘过一股寒气，
回味记忆的苦酒。

然而，对于历史，
对于我们这个地球，
这钢铁的水泡，
能存在多久?

1987 年 9 月

眼　睛

皇村公园有一个小湖，少年普希金常在湖畔沉思。

诗人仙逝了，
只留下一只眼睛，
永远不知疲倦地，
望着俄罗斯天空。

岸边枞树，长长的睫毛，
掩着碧蓝的瞳孔，
慢慢走近它时，
是那么明媚动人。

可是乌云压城时，
也曾怒海般汹涌；
可是“台风”[1]袭来时，
也曾溅起火星。

我来看它时，
它是那么深沉平静；

[1]1941年纳粹实行“台风”计划，围困列宁格勒（今圣彼得堡）。

我要离开时，

它又那么脉脉多情。

1987 年 9 月

拐角楼

陀思妥耶夫斯基故居在列宁格勒（今圣彼得堡）铁匠胡同和另一条街拐角楼上，面对教堂。他一生都喜欢选择这样位置的房子。

他从这个角度，
从这棱镜观察俄国，
透过浓重的雾，
透过铁黑的夜色。

透过彼得堡的宫墙，
透过贵族们的甲胄，
也透过知识分子的斯文，
和街头穷人的褴褛。

犀利的目光，
对每个人剖析。
连高尔基和鲁迅，
都说过他过于冷酷。

看，一边贵族的路，
一边铁匠的街，
两股人流怎样通向教堂，

合成一个汉语的“人”字。

他也在暴露自己，
把弯弯的身形，拖地的长衫，
忧郁的褐黄色的眼睛，
正服苦役的灵与肉，
装在那玻璃窗子后面，
展示一个批判现实主义作家的标本。

1987 年 9 月

古桑吟

谢甫琴科故居院内有株灰白色古桑，它是诗人活着的影子。

呵，你真的老了，
稀疏的毛发，
粗糙的皮肤，
饱经风霜和苦痛的皱纹，
精力早为一个时代耗尽。

不老的是你的歌声，
远听，是那样清新，
近听，是这般苍劲，
弹一曲科布扎，
连我的心都被震疼。

还似流放归来，
在故乡阡陌上行吟；
还似锁链锒铛，
没改变农奴的身份。

正像中国那棵老杜，
不炫耀花朵和果实。

你一切都为喂养社会思考，
每片叶子都是一颗心。

1987 年 8 月

卡丽娜

卡丽娜，乌克兰特有树种，果实小而红，不是樱桃，汉语尚无译文。

你的名字，
和乌克兰最响亮的名字连在一起，
是农奴谢甫琴科嚼过的，
是画家谢甫琴科眼中的，
是诗人谢甫琴科笔下的。
他的第一本书的主人公，
就选择了你。

少女的朱唇，
吐露着青春的欲望；
农夫的烟头，
咂着生活的苦闷；
谢甫琴科火热的诗句，
撩拨着人心。

秀丽的外衣，
包着苦涩的回忆，
你这永远猜不透的，
乌克兰的神秘果，

诗人留下的遗嘱，

黑土地上不灭的繁星。

1987 年 8 月

索菲亚教堂

索菲亚教堂建于11世纪，是世界上优秀的古代建筑之一。墙壁里装有3000个空瓶子，音响效果极好。

参观这座举世闻名的建筑，
都需要闭上眼睛，
全靠耳朵，徐徐走进，
一阵浑然和谐的歌声。

漫游于乌克兰草原，
沐浴克里米亚海风，
心欢跳成一个音符，
加入这辉煌的合唱。

三千副圆润的喉咙，
唱一支古老的歌曲，
八百年不曾走调，
还与初演时一样新颖。

呵，索菲亚[1]，

[1] 索菲亚，希腊语“智慧”的意思。

摄人魂魄的智慧之门，
谁来到这里，
也会迷恋于艺术，
而忽略了其内容。

1987 年 8 月

进行曲

手呵，共产党员的手

共产党员呵，
同志，战友，
请看看你的手，
是不是还高举着入党宣誓的拳头？
是不是还紧握着那镰刀斧头？
是不是时时刻刻，
还思念着
为共产主义而奋斗？

假如，
你垂下自己的手，
让一副白手套，
裹成细皮嫩肉，
那你这双手呵，
已经开始发锈，
让好逸恶劳思想，
层层腐蚀，
最后啃光软骨头。

假如，
你把党的理想忘在脑后，
让花线线，玻璃丝，

团团，缕缕，
缠住了手，
朝朝，暮暮，
把风花雪月钩，
唯利是图的蜘蛛网，
便粘住你这俘虏。

不，
这不是共产党员的手！
共产党员的手，
正在大庆握刹把，
日进千米钻地球，
天旋地转——
眼不晕，
冰剑雪刀——
不松手，
让那每一滴汗，
都变做“争气油”。

共产党员的手，
正在大寨抡镐头，
扯直河道推山走，
虎口震裂——
豪情壮，
血染镐把——
精神抖，

看那每一滴汗，
化作稻麦涌浪头！

谁说呵——
董存瑞的手，
在刹那火光中，
化为乌有？
他的手，
劈开一条胜利的路，
冲过总攻的队伍。

看，
八亿神州，
哪里没有雷锋的手。
车上娃娃争相抱，
路旁禾苗有人扶，
官兵传授打草鞋，
师生一同补袄袖，
一针一线，
缝住思想上的裂口。

同志，战友，
注意你的手，
要警惕呀，
长指甲，
会藏污纳垢，

要有泥巴要有油，
一层老茧，
一层甲胄。

同志，战友，
珍重你的手，
从入党的时候，
它就不仅是个人所有！
红色的血液，
在血管里奔流，
它就应该是，
特殊材料的硬骨头，
它就应该呵，
特别能战斗！

1966 年 5 月

倒计时

风把沉重的历史，
一页页翻去，
正义走下漫长的一层层楼梯，
香港距离北京，
不过两千多公里，
回归的路呵，
却整整走了一个世纪。

盼呵，望眼欲穿，
心呵，怎能不急，
一位世纪伟人，
苦苦地等到耄耋，
度日如年地，
忍受着分离，
分分秒秒地，
盼望着团聚。

听，分针匆匆
归来的步履，
听，秒针嘚嘚
疾驰的马蹄，
归心似箭的人马，

越来越清晰，
从虎门、三元里，
有关天培、林则徐……

匆匆步履呵，
嘚嘚马蹄，
十二亿座胸膛呵，
都是回音壁，
四面八方响起壮烈的进行曲，
如长城巍峨，
如大江湍急。

分针匆匆，
秒针嘚嘚，
团圆的发条上，
是五千万海外华人的凝聚力，
北京时间成为全球的热门话题，
紫荆花盛开时节
降下米字旗。

岷 江

写于汶川地震时。

五月十二日，
震撼了中国和世界，
人人眉头刻一个“川”字，
个个心上悬一条岷江。

岷江，岷江，
人类经络的一个痛点，
地球皮肤的一处硬伤，
泪往这里流啊，
血往这里输，
江水颜色变红，
水温热得发烫。

岷江，岷江，
显影世界一副热心肠，
我们，
虽不能有福同享，
却可以有难同当。

为郭守敬塑像

在纪念我国伟大的天文、水利学家郭守敬750年诞辰时，可巧在他的故乡邢台郭村发现一座石膏矿。

为了等到这一天，
大地才慷慨解囊，
为他死去数百年的骄子，
塑一尊石膏像。

既不是神，也不是仙，
也不要礼拜和供养，
他是个普普通通的人，
就生长在这并不高的山冈，
甚至还保留着山里人的特点，
眉眼憨厚而倔强。

额上六道深深的皱纹，
仿佛还有汗水流淌，
是他开导的六条河道，
留在祖国的大地上。
高高的鼻梁是他一生的观星台，
智慧的眼睛汇集了满天星光。

总是行色匆匆，长袍卷着风霜，
总是心事重重，不住点着手杖，
他的眉头依然紧蹙，
莫非为去年四川的洪水？
他的脸色还是焦虑，
可是为了今春河北的旱象？

脚跟踩着大地，
眼睛望着天上，
高高的颧骨下，
有着深邃的思想，
高高的脑门上，
是历史凝聚的高光。
郭守敬，在我的心目中，
这就是你的形象。

1982 年 5 月

他走了，在这乡村大道

在凤山镇怀念郭小川同志。

他走了，连连回首，
告别这塞北小镇，
把一方穷山恶水，
和乡亲们铁青的脸色，
都打进他的灰布背包，
使这乡村大道上，
离别的脚印是这样地深！
他走了，去为那位盲老人，
寻找一条平坦的大路，
那根竹棍还在他心头，
不停地探问。

这乡村大道呵，
曾是他启蒙的课本，
在上面匍匐学步，
从石头和荒草，
认识了乡村的贫困；
从土产和山珍，
认识了农民的早晨。
尽管有风波和坎坷，

尽管有曲折和险峻，
自从结识了红旗和草鞋，
他便懂得了一名战士的责任——
向困难进军！

这乡村的大道呵，
是一种力的牵引，
他从这儿起步，
走向热河，走向天津，
走向长江，走向海滨，
走向北大荒，走向甘蔗林！
西出阳关，夜进塔里木，
雪漫天山路，高歌向昆仑，
条条道路，在他脚下延伸。

这乡村的大道呵，
是他最初的诗行，
一发而写不尽。
他创作春歌、秋歌，
他歌颂延河和太阳，
也讴歌战士、工人、农民。
他是一条出山的泉水，
天生一副高亢的嗓门；
他是一只展翅的凤凰，
高唱着热烈的战斗的歌音。

他不爱小桥流水，
他不爱闲花弱草，
他的诗呵有着——
江河的节奏，泥土的芳芬；
大海的气势，高山的雄浑……

他走了，不停地走呵，
风尘仆仆，汗水津津，
走向基层，走向民心，
甚至挤不出一点时间，
回来看一下父老乡亲。
但是小镇呵，并不责怪，
它骄傲，这穷乡僻壤，
蹿起一棵青松，高耸入云！

一走就是三十五年呵，
一个又一个清晨、黄昏，
大道在等候那熟悉的脚步，
小镇在等候着意外的欢欣。
呵，今天，终于盼来了，
大山的儿子，人民的诗人，
并不是一个人，而是一大群，
他的战友和学生们，
又聚会在这一条乡村大道上，
学习、探索、前进！

1981 年 7 月

理想，绝不待业

——献给开创新局面的青年们

叮叮当当，
炒勺儿在响，
嗒嗒嗒嗒，
缝纫机在唱，
三尺门脸儿，
一块地摊儿，
我们青春的花朵，
在马路边开放。

夏天里推车，
卖五分钱一根冰棒，
冬天里送煤，
当一块钱一趟脚行。
一会儿白衣帽，
一会儿黑脸膛，
我们青春的溪水，
在大街上流淌。

大哥，小妹，
李子，小张，
我们的名字，
还没找到一张表格，

连一角钱的药费，
也没处去报账。
社会给我们的雅号——
待业青年，
绝不待业的是
我们的理想！

一场重灾之后，
我们心里的田野
并不荒凉；
纵然先天不足，
我们希望的枝条
并不枯黄。
我们大伸着两手，
像两片嫩叶
拥抱阳光；
像两只翅膀
要求飞翔。

电灯，
不一定都要安装在
辉煌的礼堂，
热闹的剧场，
才算漂亮。
看默默无闻的路灯之花，
开在光秃秃的电线杆上，

任蚊虫围攻，
蜘蛛结网，
怀抱一个炽热的理想，
夜夜战斗到天亮。

树木，
不一定都要长在
公园湖滨，
林荫道上，
才算排扬。
看沙漠里的红柳，
一丛丛其貌不扬，
风口浪尖，
奋战沙场，
把它们绿绿的心泉，
都无私地呈现给春光！

革命者并不都要有
金字招牌，
华丽装潢；
干“四化”并不都要在
党政机关，
国营工厂。
我们还没有资格
进入大集体
和街道食堂，

充其量不过是
三两人合伙小组，
匹马单枪的货郎。

尽管，
背后有人指点脊梁，
面前交织睥睨的目光，
有的老师为我们惋惜——
高考落榜；
有的家长为我们惆怅——
成龙无望；
有的同学为我们担心——
找不上对象，
看都不看我们一眼，
那些时髦青年
和摩登女郎。

去他的！
我们毫不自卑，
更不觉得窝囊，
高高地抬起头颅，
高高地挺起胸膛，
同样是祖国的儿子，
我们并不比谁少一份空气，
少一份阳光。

一帆风顺的人，
未必不对真理淡忘；
道路曲折的人，
往往最富有理想。
我们鄙视——
吃老子的现成饭，
钻营关系网，
用茶水冲淡意志，
用酒精麻醉思想，
一心地媚外崇洋，
“大中华”叼在嘴皮上，
那些绣花枕头，
酒篓饭囊！

人的理想，
不是为了活着，
活着，
才为了理想。
我们骄傲，
我们是精神的百万富翁，
半旧的工作服下，
有一个现代化的立体的胸膛，
它是伟大国土的一部分，
可供开采无限的能量！

马路边的工作，

也正好前进在“四化”的跑道上，
我们手中同样
有一根共产主义事业的接力棒，
半截白
是过去，
半截红
是未来，
为了理想的目标，
奋力奔向前方！

叮叮当当，
炒勺儿在响，
嗒嗒嗒嗒，
缝纫机在唱，
路边，道口，
大街，小巷，
是我们青春的节奏，
是我们理想在闪光！

1982 年 8 月